Appellations D'origines Non contrôlées

Pièces de théâtre du même auteur

À cœurs ouverts, Alban et Ève, Amour propre et argent sale, Apéro tragique à Beaucon-les-deux-Châteaux, Après nous le déluge, Attention fragile, Avis de passage, Bed & Breakfast, Bienvenue à bord, Le Bistrot du Hasard, Le Bocal, Brèves de confinement, Brèves de trottoirs, Brèves du temps perdu, Brèves du temps qui passe, Bureaux et dépendances, Café des sports, Cartes sur table, Comme un poisson dans l'air, Le Comptoir, Les Copains d'avant... et leurs copines, Le Coucou, Comme un téléfilm de Noël en pire, Coup de foudre à Casteljarnac, Crash Zone, Crise et châtiment, De toutes les couleurs, Déjà vu, Des beaux-parents presque parfaits, Des valises sous les yeux, Dessous de table, Diagnostic réservé, Drôles d'histoires, Du pastaga dans le champagne, Échecs aux Rois, Elle et lui, monologue interactif, Erreur des pompes funèbres en votre faveur, Euro Star, Fake news de comptoir, Flagrant délire, Gay Friendly, L'Étoffe des Merveilles (adaptation) Le Gendre idéal, Happy Dogs, Happy Hour, Héritages à tous les étages, Hors-jeux interdits, Il était un petit navire, Il était une fois dans le web, Juste un instant avant la fin du monde, La Fenêtre d'en face, La Maison de nos rêves, Le Joker, Mélimélodrames, Ménage à trois, Même pas mort, Minute papillon, Miracle au couvent de Sainte Marie-Jeanne, Mortelle Saint-Sylvestre, Morts de rire, Les Naufragés du Costa Mucho, Nos pires amis, Photo de famille, Piège à cons, Le Pire Village de France, Le plus beau village de France, Plagiat, Pour de vrai et pour de rire, Préhistoires grotesques, Préliminaires, Primeurs, Quarantaine, Quatre étoiles, Les Rebelles, Rencontre sur un quai de gare, Réveillon à la morgue, Réveillon au poste, Revers de décors, Sans fleur ni couronne, Sens interdit – sans interdit, Spécial dédicace, Strip Poker, Sur un plateau, Les Touristes, Tout est bien qui commence mal, Trous de mémoire, Tueurs à gags, Un boulevard sans issue, Un bref instant d'éternité, Un cercueil pour deux, Un enterrement de vies de mariés, Un os dans les dahlias, Un mariage sur deux, Un petit meurtre sans conséquence, Une soirée d'enfer, Vendredi 13, Y a-t-il un auteur dans la salle ? Y a-t-il un pilote dans la salle ?

Essai

Écrire une comédie pour le théâtre

JEAN-PIERRE MARTINEZ

Appellations D'origines Non contrôlées

La Comédiathèque
comediatheque.net

Distribution

Diane : jeune femme
Karim : son fiancé
Thérèse : sa mère
Édouard : son père

© La Comédiathèque
ISBN 978-2-37705-882-2

Un salon bourgeois, mobilier de style et décoration désuète. Un crucifix contre le mur du fond et un portrait de la Vierge sur un meuble. Thérèse, quinquagénaire d'une élégance vieille France, plie avec soin de la layette, qu'elle place ensuite dans un carton. Son portable sonne et elle répond.

Thérèse – SOS mères en détresse, à votre écoute... Ah, c'est toi, Marie-France... Non, non, tu ne me déranges pas... J'étais en train de préparer un colis... pour cette pauvre pécheresse que grâce à Dieu nous avons convaincu de garder son bébé... C'est ça, une Interruption Volontaire de Grossesse, comme on dit maintenant... On aura beau moderniser le vocabulaire, un non-voyant restera toujours un aveugle... et enlever la vie à un pauvre innocent sera toujours un crime. Édouard ? Écoute, ça va... Depuis qu'il a pris sa retraite, il tourne un peu en rond, mais bon... Heureusement qu'il s'est mis en tête d'écrire ce livre, ça l'occupe... Vous venez toujours dîner samedi...? Eh bien, je ne sais pas moi... Ce sera l'Épiphanie, apportez une galette. On tirera les rois ! C'est ça, alors à samedi ! Au revoir Marie-France. Tu salueras Bernard-Henri de ma part...

Elle range son portable et se remet à son colis. Arrive Édouard, la soixantaine, même style qu'elle, un dossier à la main et l'air aux anges.

Édouard – Ça y est, je viens d'envoyer mon manuscrit à mon éditeur !

Thérèse – Mais c'est fantastique... Ça faisait combien de temps que tu travaillais sur ce bouquin ?

Édouard – Pour les recherches, au moins trois ans. Pour la rédaction à proprement parler, neuf mois environ.

Thérèse – Neuf mois...

Édouard – Oui, j'ai l'impression d'être une femme qui vient d'accoucher... Je suis soulagé et en même temps... je ressens comme un grand vide.

Thérèse – Tu ne vas pas nous faire une dépression post-natale, au moins...?

Édouard – J'espère que ça intéressera quelqu'un... En tout cas, pour nos petits-enfants, ce sera toujours intéressant de connaître leur arbre généalogique.

Thérèse l'écoute distraitement, tout en continuant à plier sa layette et à remplir son carton.

Thérèse – Oui, c'est certain...

Édouard – Ça n'a pas l'air de te passionner ce que je te raconte... Pourtant, il s'agit aussi de toi, dans ce livre.

Thérèse – Mais si, bien sûr que ça m'intéresse... Qu'est-ce que tu vas chercher ?

Édouard – Les origines de ta famille, comme celles des Casteljarnac, remontent au moins jusqu'au Moyen Âge, tu te rends compte ?

Thérèse – Je ne suis pas aussi calée que toi dans le domaine de la généalogie, mais comme disait mon père... c'est toujours bon de savoir d'où on vient pour savoir qui on est.

Édouard – Et puis ce n'est pas seulement l'histoire de notre famille. Dans ce livre, il est aussi question de l'Histoire avec un grand H. Notre destin familial est lié à celui de notre pays.

Thérèse – Bien sûr...

Édouard – En tant que juge d'instruction, j'ai eu à conduire beaucoup d'enquêtes au cours de ma vie. Celle-ci aura été la plus difficile, mais aussi la plus passionnante.

Thérèse – Heureusement, cette fois, il ne s'agit pas d'une enquête criminelle...

Édouard – J'espère avoir les premiers exemplaires dans quelques semaines. On pourrait organiser une petite séance de dédicace à la Libraire Notre-Dame. Ce serait l'occasion de réunir toute la famille ! Et nos amis, aussi. Qu'en penses-tu ?

Thérèse – Pourquoi pas ? Oui, ce serait formidable.

Édouard – Je ne suis pas sûr que ça fera un succès de librairie, mais je suis content de pouvoir léguer ça à nos descendants...

Thérèse – Même si je te rappelle que pour l'instant, nous n'en avons pas...

Édouard – Ça finira bien par arriver. Diane ne restera pas célibataire toute sa vie.

Thérèse – Elle est jeune, elle vient à peine de terminer ses études. Elle a encore le temps de fonder une famille...

Diane, au look plus moderne que celui de ses parents, arrive.

Diane – Vous parliez de moi ?

Thérèse – Nous parlions du livre de ton père...

Diane – Ah oui... Tu hésitais encore sur le titre. Tu as fini par en trouver un ?

Édouard – Oui. Et j'avoue que j'en suis assez content.

Diane – Quel suspense... Et alors ?

Édouard sort une feuille cartonnée de son dossier et lui tend.

Édouard – Tiens, voilà la maquette de la couverture.

Diane regarde la maquette et lit le titre.

Diane – En droite ligne. Une famille française.

Édouard – Qu'en penses-tu ?

Diane – Ah oui, c'est... C'est bien. Et... en droite ligne, il y a aussi un message politique, j'imagine ?

Édouard – Pour le meilleur et pour le pire, nous sommes en république, ma chère. On a encore le droit d'afficher ses convictions, non ?

Diane regarde à nouveau la maquette.

Diane – La fleur de lys, ce n'était peut-être pas complètement indispensable... Maman, qu'est-ce que tu en penses ?

Thérèse – Je suis sûre que ça va être un best-seller...

Édouard – Après tout, nous sommes une famille nombreuse, et comme ce livre parle de chacun d'entre nous... Si tout le monde en achète un, on devrait en vendre au moins 200 exemplaires.

Thérèse – Ton père prévoit une séance de signature à la librairie Notre-Dame. On pourrait en parler au curé et convier aussi tous nos paroissiens. Comme dit ton père, ce livre, c'est aussi une page de l'Histoire de France.

Diane – Et c'est pour quand cette petite sauterie ?

Édouard – Le livre sera bientôt sous presse. Je pense que d'ici trois semaines, j'aurai les premiers exemplaires.

Diane – Génial... Tu as réussi à remonter jusqu'à quand, finalement ? J'en étais restée à Louis XV, je crois...

Édouard – Charles Martel du côté de ma famille, et Jeanne d'Arc du côté de celle de ta mère.

Diane – Jeanne d'Arc ?

Édouard – Oui, enfin... Pas en ligne directe, évidemment...

Diane *(distraitement)* – Ah, oui...

Elle consulte son portable.

Thérèse – Et toi, ma chérie ? Tout va bien ?

Édouard – Comment ça se passe, dans ton nouveau cabinet d'avocats ?

Diane – On vient de me confier ma première affaire.

Édouard – De quoi s'agit-il ? Sans trahir le secret professionnel, bien sûr...

Diane – Un homme qui découvre sur le tard qu'il n'est pas le père de son fils.

Thérèse – Et alors ?

Diane – Il demande le divorce, et il voudrait déshériter l'enfant illégitime.

Édouard – Mais Dieu merci, ce n'est pas possible. Pour ce qui est de déshériter son enfant, en tout cas...

Diane – Heureusement pour tous les bâtards de France et de Navarre.

Édouard – Oui...

Thérèse – Il a quel âge, ce pauvre enfant ?

Diane – Soixante-treize ans. Son père est presque centenaire.

Thérèse – Comment a-t-il appris que son fils n'était pas de lui ? Soixante-treize ans après...

Diane – Avec un test ADN, tout simplement. Aujourd'hui, on en propose pour une cinquantaine d'euros sur internet.

Édouard – Ces sites sont un danger pour la paix des familles.

Diane – C'est clair. Ces tests auront surtout révélé à des centaines de maris qu'ils étaient cocus.

Édouard – Heureusement que maintenant, ils sont interdits en France.

Diane – Sauf quand ils sont ordonnés par la justice. Tu étais juge aux affaires familiales, tu as dû en autoriser quelques-uns, non ?

Édouard – Ça m'est arrivé... Dans des cas très particuliers... Jamais pour alimenter la suspicion au sein des familles, ou satisfaire la curiosité malsaine de certains.

Thérèse – C'est vrai... Pourquoi le Français moyen devrait-il absolument savoir s'il a oui ou non quelques gènes africains dans son patrimoine génétique ?

Édouard – Après tout, d'après les anthropologues, si on remonte assez loin, l'Afrique est le berceau de l'Humanité.

Diane – Ça te va bien de dire ça ! Tu viens de passer trois ans de ta vie à reconstituer ton arbre généalogique jusqu'au Moyen Âge !

Édouard – Parce les De Casteljarnac sont issus d'une vieille famille française au passé glorieux ! Si je m'appelais Dupont ou Durand, je ne serais pas allé chercher aussi loin.

Diane – Je vois, alors d'après toi, la généalogie, ce n'est pas pour les gens du peuple...

Édouard – Disons que c'est plus intéressant quand on est issu d'une lignée prestigieuse...

Thérèse – Tout de même... Ça me fait drôle de savoir que maintenant, tu es avocate...

Édouard – Et que tes clients t'appellent Maître.

Thérèse – Décidément, toute la famille se dédie aux affaires familiales... D'abord ton père en tant que juge, maintenant toi en tant qu'avocate.

Diane – D'ailleurs, toi aussi, avec ton association d'aide aux mères célibataires, à ta façon tu essaies de protéger la famille, non ?

Thérèse – Oui...

Diane – Tu as raison, c'est curieux cette obsession familiale pour les affaires de famille. *(Plaisantant)* Est-ce que ça pourrait cacher... un secret de famille ?

Ses parents ne répondent pas, mais semblent un peu gênés.

Édouard – Bon, il faut que je vous laisse. Je vais passer à la librairie Notre-Dame. J'essaierai de caler une date pour cette séance de signature.

Thérèse – Et moi j'ai un colis à livrer... À tout à l'heure, ma chérie.

Thérèse saisit le carton, mais Édouard lui prend des mains.

Édouard – Je vais t'aider... Je te déposerai en allant à la librairie, c'est sur ma route.

Thérèse – Tu ne sais même pas où je vais !

Édouard – Tu sais bien que ma route, c'est là où tu vas, ma chérie...

Ils sortent. Diane consulte à nouveau l'écran de son portable. On sonne. Elle sort pour ouvrir et revient avec Karim, jeune trentenaire à la tenue résolument décontractée.

Karim – Tu es toute seule ?

Diane – Mes parents viennent de partir. Tu ne les as pas croisés ?

Karim *(gêné)* – Non...

Diane – Tu as attendu qu'ils soient partis pour sonner !

Karim – Mais pas du tout...

Diane – Non mais c'est dingue... Ils te font peur à ce point-là ?

Il l'embrasse tendrement.

Karim – Ils ont quelques raisons de m'en vouloir. Je vais bientôt enlever leur fille unique sur mon grand cheval blanc...

Diane – Un cheval blanc... Un pur sang arabe, alors... Tu veux boire quelque chose ?

Karim – Je ne sais pas... Qu'est-ce qu'il y a dans le bar de tes parents ? Du vin de messe ? De la Chartreuse ? Des élixirs monastiques ?

Diane – Arrête un peu...

Karim – OK, ils me font peur...

Diane – Ce n'est pas comme si tu ne les avais jamais rencontrés ! Ils savent qu'on sort ensemble. Tu as déjà dîné avec eux plusieurs fois à la maison. Ils ne t'ont pas empoisonné...

Karim – Parce qu'ils ne savent pas qu'on va se marier... Tu leur as dit ?

Diane – Pas encore...

Karim – Tu avais promis.

Diane – Je n'ai pas trouvé le bon moment. Et puis après tout, ce serait plutôt à toi de demander ma main à mon père, non ?

Karim – C'est vrai... Au début du siècle dernier, on faisait comme ça... Remarque, quand je regarde le mobilier de votre salon, j'ai l'impression que la pendule s'est arrêtée juste avant la Révolution Française.

Diane – Donc tu as la trouille. Ça m'étonne de toi...

Karim – Ton père est juge d'instruction !

Diane – À la retraite.

Karim – Les seuls Arabes qu'il a vus dans sa vie, c'était à la barre d'un tribunal. Pour les foutre en taule juste après...

Diane – N'importe quoi ! D'ailleurs, ma mère m'a dit que tu avais l'air d'un gentil garçon.

Karim – Un gentil garçon ? Je ne sais pas comment je dois le prendre...

Diane – Le contraire d'un bad boy, quoi...

Karim – Je vois... Un gentil garçon... pour un Arabe.

Diane – Franchement... je ne pense pas que quand ils te voient ils s'interrogent d'abord sur tes origine ethniques.

Karim – Ton père vient de passer trois ans à reconstituer l'arbre généalogique de ta famille jusqu'au Moyen Âge. Histoire de prouver qu'il était déjà français avant même que la France existe. Je pense qu'on peut quand même parler d'obsession identitaire, non ?

Diane – C'est un travail d'historien... Ce n'est pas un crime de s'intéresser à l'histoire de sa famille. Et puis entre nous, arabe... Tu es né dans le seizième arrondissement !

Karim – Musulman, si tu préfères.

Diane – Tu bois de l'alcool et tu manges du saucisson.

Karim – Peut-être, mais mes parents sont nés à Casablanca. Et il y a vingt ans à peine, ils n'étaient pas encore français.

Diane – Bon, changeons de sujet, parce que tu m'énerves, là...

Karim – OK...

Diane – Tu ne veux vraiment rien boire ?

Karim – Un scotch, alors.

Diane – Un scotch ? À l'heure qu'il est, tu es sûr ?

Karim – J'ai besoin d'un petit remontant.

Diane – Même si c'est contraire à ta religion...

Karim – Là, c'est toi qui recommences...

Diane – D'accord, je n'ai rien dit. D'ailleurs, je vais t'accompagner. Moi aussi, j'ai eu une matinée difficile.

Elle sort du bar deux verres et une bouteille de scotch. Elle remplit un des deux verres.

Karim – Ouh là... Doucement, ce n'est pas de l'eau bénite...

Diane – Tu as raison, je crois que j'ai eu la main un peu lourde.

Elle prend le verre et remplit l'autre avec la moitié de son contenu.

Karim – Enfin, ce n'est grave si je suis un peu bourré. Je ne joue pas ce soir...

Diane – Ah oui ?

Karim – On est lundi ! C'est relâche. Si on se marie, il faudra t'y faire. C'est le lundi qu'on ira au restaurant ou au cinéma. Avec tous les petits commerçants qui ferment aussi boutique le lundi.

Diane – Sauf les épiciers arabes qui restent ouverts tous les jours... Tu joues quoi, en ce moment ?

Karim – Le Bourgeois Gentilhomme. C'est un peu l'histoire de ton père, finalement.

Diane – Tu trouves ?

Karim – De Casteljarnac... OK, vous avez une particule, mais pas de titre de noblesse, si ?

Diane – Mon grand-père était baron. C'est le frère aîné de mon père qui a hérité du titre.

Karim – Baron... C'est le grade le moins élevé dans la noblesse française. En dessous, il n'y a que chevalier.

Diane – Tu en connais un rayon, on dirait. Tu t'es renseigné ?

Karim – Votre famille remonte au Moyen Âge, la belle affaire. L'homme descend du singe et le singe descend de l'arbre, c'est tout ce qu'on devrait savoir en matière de généalogie.

Diane – Très drôle.

Karim – On a tous une ascendance, non ? Certains connaissent le nom de leurs ancêtres et d'autres pas, c'est tout... Mais au bout du compte, même ta concierge portugaise a un arbre généalogique qui remonte jusqu'à Adam et Ève.

Diane – En quoi ça te dérange que mon père se passionne pour la généalogie ?

Karim – Il se targue que sa famille est française depuis trente générations ! Tu crois qu'il sera ravi de voir un Arabe se hisser au sommet de son arbre généalogique cent pour cent gaulois !

Diane – Ils sont un peu réacs, c'est vrai. Mais ils ne sont pas racistes...

Karim – Un peu réacs ? Ils vont tous les jours à la messe. Ton père est royaliste et ta mère milite dans une association pro-life !

Diane – Pro-life... Tout de suite les grands mots...

Karim – Anti-IVG, si tu préfères.

Diane – C'est une association qui vient en aide aux mères célibataires.

Karim – Oui, pour les dissuader d'avorter !

Diane – Bon, d'accord, ils sont réacs. Mais ce n'est quand même pas de ma faute si je suis la dernière descendante d'une vieille famille française, dont certains membres se sont illustrés au cours de l'histoire ?

Karim – Une vieille famille française... Non mais tu t'entends, là ?

Diane – Quoi ? Tu voudrais que j'en ai honte ?

Karim – Non. Mais je ne vois pas non plus en quoi tu devrais en être fière...

Diane – Mon père est un descendant de Charles Martel !

Karim – Celui qui a arrêté les Arabes à Poitiers...

Diane – Ma mère descend de Jeanne d'Arc.

Karim – Celle qui a bouté les Anglais hors de France...

Diane – Désolée, mais avant d'être récupérée par les fachos, Jeanne d'Arc, c'était un peu le Général de Gaulle. Ne me dis pas que tu en as aussi après le Général de Gaulle ?

Karim – Je suis aussi français que toi, je te rappelle. Mais moi, ma France, c'est celle du melting-pot et du multiculturalisme. Pas celle de l'apartheid et de la sélection génétique.

Diane – Tu ne crois pas que tu délires un peu, non ? Si je voulais vraiment protéger la pureté de ma race, je ne me marierais pas avec un rebeu, si ?

Karim – Je ne parle pas de toi, je parle de tes parents ! Et puis attends... Tu descends de Jeanne d'Arc, toi...? Je croyais qu'elle était morte pucelle ?

Diane – Oui, bon... Peut-être pas en droite ligne... Je n'ai pas trop compris...

Karim – Tu es sûre que tu ne descends pas de la Vierge Marie, aussi ?

Diane s'approche de lui et l'enlace tendrement pour tenter de calmer le jeu.

Diane – On ne va pas se disputer à cause de Jeanne d'Arc, quand même...

Karim – Tu as raison, excuse-moi.

Diane – Je t'aime, tu le sais bien. Je te prends comme tu es. Mais toi aussi, il faut me prendre... avec mes parents. Et mes parents, on ne va plus les changer maintenant.

Karim – Non, malheureusement...

Diane – C'est pour ça que je t'ai demandé si tu voyais un inconvénient à ce qu'on se marie à l'église. Ça leur ferait tellement plaisir...

Karim – Je n'ai pas encore dit oui...

Diane – Tu ne veux pas te marier à la mosquée, de toute façon...

Karim – On pourrait se contenter de la mairie, comme beaucoup de gens.

Diane – OK, alors fais le pour moi. Un mariage à l'église, ça a quand même plus d'allure, non ?

Karim – Si tu le dis...

Diane – Je te promets de tout faire pour que ça se passe bien avec mes parents.

Karim – Je serai tout de même plus rassuré quand tu leur auras parlé.

Diane – On va leur annoncer ça ensemble, d'accord ?

Karim – Quand ?

Diane – Aujourd'hui ! Je vais leur dire que je t'ai invité pour le thé. Je pense qu'ils se doutent déjà de quelque chose, tu sais. Ils ne seront pas très surpris...

Karim – Si tu le dis...

Diane – Bon, alors... Inch Allah...

Noir

Édouard, Thérèse, Diane et Karim sont réunis autour de la table basse du salon, sur laquelle repose une galette, une théière et des tasses. Thérèse coupe la galette.

Thérèse – On ne va pas demander à la plus jeune d'aller sous la table...

Édouard – Non... Bizarrement, au fil des années, la table est devenue trop petite...

Thérèse sert une part de galette à chacun.

Édouard – Vous savez quelle est l'origine de cette vieille tradition française, Karim ?

Diane – C'est moi qui l'ai achetée, cette galette. À voir son prix, je dirais que c'est une tradition inventée par les boulangers.

Édouard – En fait, chez nous, la galette est destinée à célébrer la visite des Rois Mages à l'Enfant Jésus.

Karim – Bien sûr... *(Un temps)* Même si en réalité, il me semble avoir lu quelque part que cette vieille tradition païenne remonte pour le moins au temps des Romains. Donc bien avant la naissance de Jésus-Christ.

Diane cache un sourire. Ses parents semblent pris de court.

Thérèse – Vraiment ? Je l'ignorais...

Karim – La galette des rois trouve son origine dans les fêtes saturnales, qui avaient lieu elles aussi au moment du solstice d'hiver. On offrait une galette aux esclaves, et celui qui avait la fève devenait roi pour la journée. Il avait même le droit de donner des ordres à son maître. Avant de retourner à la servitude le lendemain, ou d'être exécuté selon le bon vouloir de son propriétaire.

Thérèse – Mais c'est affreux... Vous êtes sûr ?

Diane – Tu peux faire confiance à Karim, maman... Il a dû vérifier ça sur Wikipedia juste avant de venir. Pendant que je faisais la queue à la boulangerie...

Ils mangent en silence, et avec précaution.

Édouard – Attention aux dents... Il n'est pas non plus à exclure que cette tradition ait été remise au goût du jour par la confrérie des chirurgiens-dentistes... Celui qui se casse une molaire sur la fève aura une couronne.

Sourires polis.

Diane – Je t'avais prévenu, Karim. Mon père est un boute-en-train...

Thérèse – Ah, je crois que c'est moi qui ai la fève...

Édouard pose une des deux couronnes sur la tête de sa femme.

Édouard – Alors voilà la reine...

Thérèse prend l'autre couronne et la dépose sur la tête de son mari.

Thérèse – Et voici mon roi...

Diane et Karim les regardent, un peu embarrassés par ce spectacle ridicule.

Diane – Je crois que le thé est assez infusé maintenant, non ?

Thérèse fait le service.

Thérèse – C'est du thé à la menthe... Ça change un peu... Évidemment, il n'est sans doute pas aussi bon que celui de votre mère, Salim.

Diane – Karim, maman...

Thérèse – Excusez-moi... Karim, bien sûr... Diane nous parle tellement de vous. Je suis impardonnable de ne pas me souvenir de votre prénom...

Édouard – Vous êtes comédien, n'est-ce pas ?

Karim – Oui.

Thérèse – J'espère qu'il est assez sucré.

Édouard – J'ai fait un peu de théâtre, moi aussi, quand j'étais au lycée.

Diane – Tu ne m'avais jamais raconté ça...

Édouard – Oh si, probablement, mais tu as oublié... Il paraît que les vieux comme nous oublient ce qu'on leur dit. Les jeunes c'est encore pire. Ils n'écoutent même pas.

Thérèse – Les vieux comme nous... Parle pour toi, vieux schnock. Moi je ne suis pas encore Alzheimer...

Édouard – Non, mais tu avais oublié le prénom de Karim.

Thérèse – Vous voyez ce que deviennent les vieux couples, jeune homme. On n'arrête pas de se chamailler... et ça ne s'arrange pas avec les années, croyez-moi.

Édouard – Un conseil, ne vous mariez jamais... ou le plus tard possible.

Silence embarrassé de Karim. Il lance à Diane un regard de détresse, qui la décide à se lancer.

Diane – Eh bien justement, à propos de mariage, Karim et moi... On a une nouvelle à vous annoncer.

Thérèse – Une nouvelle...?

Diane – Une bonne nouvelle.

Édouard – Ah oui ?

Diane – Vous ne devinez pas ?

Thérèse – Ma foi non...

Diane – Karim et moi, nous allons nous marier.

Blanc.

Thérèse – Vous marier...?

Édouard – Vous marier, vous voulez dire... ensemble, j'imagine.

Diane – Ben oui, ensemble !

Thérèse – Très bien... Enfin je veux dire... si c'est ce que vous voulez.

Édouard – Mais... ce n'est pas pour tout de suite, si ?

Diane – Tout de suite, non. Pas demain, si c'est ça ta question.

Karim – La date n'est pas encore fixée, évidemment. On voulait d'abord vous annoncer la nouvelle.

Silence glacial.

Diane – En tout cas, on est déjà contents de voir que ça vous fait plaisir.

Édouard – Non, non, si, si... Bien sûr... C'est juste que... Avec la sortie de mon livre...

Thérèse – Oui... Il va falloir fixer une date, j'imagine...

Édouard – Je ne sais pas ce que j'ai fait de mon agenda...

Il cherche son agenda avec un air préoccupé.

Thérèse – Il faudra aussi prévenir la famille, évidemment... Les réunir tous en même temps, ça va être un casse-tête...

Karim – Rien ne presse, vous savez... On peut en reparler plus tard...

Édouard – Oui, ce serait peut-être préférable en effet...

Diane – Comme ça vous aurez le temps de mettre le champagne au frais...

Thérèse – Très bien... Oui, parce que là, excusez nous... On n'avait rien prévu...

Édouard – On doit bien avoir une bouteille quelque part, mais il ne doit pas être très frais.

Thérèse – Je me demande même s'il est encore bon... Et Karim ne boit peut-être pas de champagne...

Diane – Pourquoi il ne boirait pas de champagne ?

Thérèse – Je ne sais pas... J'ai dit ça comme ça...

Diane – Tous les Arabes ne boivent pas que du thé à la menthe, maman...

Thérèse – Je vous en ressers un peu ?

Karim – Merci, ça ira...

Thérèse – Dans ce cas, on va peut-être vous laisser, n'est-ce pas Édouard ?

Édouard – Oui, d'ailleurs il faut que je rappelle mon éditeur.

Thérèse – Et puis vous devez avoir des tas de choses à vous dire...

Diane – Oui, enfin... Ce n'est pas comme si c'était un mariage arrangé, et qu'on venait d'être présentés... On se connaît déjà un peu...

Thérèse – Bien sûr... Non, je veux dire... pour l'organisation de la cérémonie, tout ça.

Ils se lèvent.

Édouard – Alors à très bientôt, Karim.

Ils sortent. Lourd silence.

Diane – OK, c'est des vieux cons... Mais qu'est-ce que tu veux ? C'est mes parents...

Karim – Je t'avais prévenu.

Diane – En même temps, ils n'ont pas dit non.

Karim – Non, je crois que la phrase exacte, c'est... si c'est ça que vous voulez.

Diane – Ce n'était pas très chaleureux, je le reconnais. Ils ne s'y attendaient pas. Mais ils n'ont pas dit non...

Karim – C'est dingue... Pour qui ils se prennent, ces fins de race ?

Diane – Euh... Là, tu parles de moi aussi, je te rappelle...

Karim – Ouais, ben heureusement que je me dévoue pour régénérer cette longue lignée consanguine.

Diane – Tu trouves que j'ai l'air dégénérée à ce point ? Merci...

Karim – Non justement, et c'est ça qui m'étonne.

Diane – Parce que sinon... tu peux encore changer d'avis et te marier avec une beurette franco-marocaine, qui aurait des gènes bien frais et bien diversifiés.

Karim – Écoute, Diane, tu peux quand même comprendre que c'est assez humiliant pour moi.

Diane – Je comprends très bien, crois-moi. Je vais leur parler...

Karim – Ce n'est pas comme si j'habitais le 9-3, non plus, ou que mes parents tenaient l'épicerie du coin ! Moi aussi, je suis un pur produit de la bourgeoisie ! La bourgeoisie de Casablanca, peut-être, mais la bourgeoisie quand même. Mon grand-père a été Ministre de la Justice au Maroc... Ton père n'est qu'un petit juge à la retraite !

Diane l'embrasse.

Diane – Ça va finir par s'arranger, je t'assure... Il faut leur laisser le temps de se faire à cette idée, c'est tout.

Karim – Le temps ? Combien de temps ?

Diane – Je vais leur parler, je te dis...

Karim – Très bien... Alors je repasserai plus tard... De toute façon, j'ai une répétition dans une heure. Le Bourgeois Gentilhomme, tu te souviens ?

Il sort. Diane soupire. Sa mère revient.

Thérèse – Karim est déjà parti ?

Diane – Il se sentait un peu mal à l'aise...

Thérèse – Ah oui...?

Diane – Ce n'est pas comme si vous lui aviez dit qu'il était ici chez lui et qu'il serait accueilli dans cette famille à bras ouverts...

Thérèse – Excuse nous... on a été un peu pris de court.

Diane – Ça fait plus d'un an qu'on sort ensemble, et vous le savez.

Thérèse – On pensait que ça n'était qu'une aventure de plus. Avoue qu'il y en a eu quelques autres avant lui...

Diane – Alors disons que celui-là, c'est le bon.

Thérèse – Tu es sûre ?

Diane – Je l'aime. Et je sais qu'il m'aime aussi. En principe, ça suffit, non ?

Un temps.

Thérèse – Tu n'es pas enceinte, au moins...?

Sous le choc, Diane tarde à répondre.

Diane – Non, je ne suis pas enceinte, maman. Mais tu sais, on est au vingt-et-unième siècle, maintenant. Les filles ne se marient plus parce qu'elles sont enceintes.

Thérèse – Non, hélas... Certaines préfèrent avorter...

Diane – Je t'avoue que je suis sidérée par votre réaction... Karim trouve que vous êtes des vieux réacs, et je commence à me demander s'il n'a pas raison.

Thérèse – Il a dit ça ?

Diane – Dans des termes plus diplomatiques, mais... Oui... c'était un peu le concept.

Thérèse – Écoute, ma chérie, on ne s'opposera pas à ce mariage, évidemment. On se demande seulement si tu es sûre que c'est le bon choix. Nous sommes tes parents. C'est normal qu'on s'inquiète.

Diane – Pourquoi ce ne serait pas le bon choix ? Parce qu'il est arabe ?

Thérèse – Pas du tout, mais enfin, il est... comédien.

Diane – Comédien, et arabe, donc...

Thérèse – Tu peux quand même comprendre que pour nous, même si c'est sans doute un gentil garçon, qui accessoirement nous prend pour de vieux débris, ce n'était pas a priori le gendre idéal.

Diane – Parce qu'il est comédien...? Il a fait le Conservatoire. Il est sociétaire de la Comédie-Française ! Tu avoueras qu'on est loin du saltimbanque ou du charmeur de serpents...

Un temps.

Thérèse – Tu connais ses parents, au moins ?

Diane – Je les ai vus une fois ou deux. Je ne me marie pas avec ses parents...

Thérèse – Et donc ils sont...

Diane – Musulmans, oui. Comme la majorité des Arabes sont musulmans et la majorité des Français catholiques.

Thérèse – Et eux...? Ils sont favorables à ce mariage ?

Diane – S'ils ne le sont pas, on se passera de leur consentement. Comme du vôtre, d'ailleurs.

Thérèse – Donc ils ne sont pas encore au courant...

Édouard arrive.

Édouard – Qu'est-ce qui se passe ? Je vous entends depuis mon bureau...

Thérèse – On parlait de ce projet de mariage...

Diane – Un projet ? Ce n'est pas un projet, maman. C'est une décision. Et on ne fait que vous en informer...

Édouard – Bon...

Diane – Je vous laisse... Je pourrais dire des choses que je regretterais plus tard. Quand vous serez morts...

Édouard – Charmant...

Thérèse – Mais enfin, Diane... ne pars pas comme ça.

Diane sort. Édouard et Thérèse échangent un regard embarrassé.

Édouard – Alors, ce mariage ? À l'église ? À la mosquée ?

Thérèse – Les deux...?

Noir

Diane consulte les épreuves du livre de son père. Karim arrive.

Karim – Qu'est-ce que tu lis ?

Diane – Le bouquin de mon père. Enfin, les épreuves corrigées. Il m'a demandé de vérifier s'il ne resterait pas encore quelques coquilles...

Elle pose le manuscrit, et Karim lit le titre.

Karim – En droite ligne, une famille française... Je sens que dans cette histoire, la coquille, c'est moi... Tu leur as parlé ?

Diane – Oui.

Karim – Et alors ?

Diane – Ce n'est pas gagné...

Karim – Je vois.

Diane – Je ne les défends pas, évidemment... Mais je ne veux pas avoir à choisir entre toi et ma famille, tu comprends ?

Karim – Ah, parce qu'on en est déjà là ?

Diane – Non, Karim ! Je dis juste que je préfère les ménager, c'est tout. Mon père vient de sortir un livre. C'est l'œuvre de sa vie. À tort ou à raison, il est fier de montrer au monde entier qu'il est français de souche, et que sa fille descend en droite ligne de Charles Martel. Tu comprends que de se pointer à la séance de dédicace avec un gendre maghrébin, ça le met mal à l'aise...

Karim – Mal à l'aise ? Tu ne crois pas que c'est moi qui suis le plus mal à l'aise dans tout ça ?

Diane – Tu as raison... Je suis désolée... C'est très égoïste de ma part...

Karim – Et puis franchement, Française de souche...

Diane – J'avoue que l'expression était mal choisie.

Karim reprend le manuscrit.

Karim – En droite ligne... Tu y crois vraiment à ces contes pour enfants ?

Diane – C'est une étude très documentée, tu sais. Il y travaille depuis plus de trois ans.

Karim – En matière de généalogie, les lignes droites, c'est rarement le plus court chemin d'une génération à une autre.

Diane – Ça veut dire quoi ?

Karim – À un moment donné, il y a forcément quelques sorties de route... Des dérapages incontrôlés...

Diane – Tu traites mon père de cocu et ma mère de femme adultère ?

Karim – Il ne s'agit pas de tes parents ! Tu me parles de ton arbre généalogique qui remonterait jusqu'à l'époque des croisades. Tu crois vraiment qu'en plus de mille ans, aucune des femmes de ta famille n'a jamais trompé son mari ? Tiens, pendant les croisades, par exemple...

Diane – Je ne pense pas que les femmes accompagnaient leurs maris pour faire les croisades.

Karim – Non, justement. Elles restaient toutes seules dans leurs châteaux. Certaines devaient trouver le temps long. Et les ceintures de chasteté, ce n'était sûrement pas un obstacle insurmontable pour quelqu'un de très motivé et d'un peu bricoleur.

Diane – Oui, peut-être...

Karim – Tu crois vraiment que l'adultère n'a été inventé qu'à l'époque de Feydeau ?

Diane – Je ne sais pas... Oui, c'est sans doute arrivé que des femmes trompent leurs maris... Pas avec des étrangers, en tout cas... Tu l'as dit toi-même, c'est sûrement resté dans la famille... C'est pour ça qu'on a l'air aussi dégénérés, non ?

Karim – Plutôt qu'un arbre généalogique, c'est un test ADN que tes parents auraient dû faire. Et toi aussi, d'ailleurs. C'est beaucoup plus rapide, et c'est beaucoup plus fiable. Là, au moins, tu saurais tout avec certitude sur tes origines ethniques.

Diane – Arrête... Qu'est-ce que tu cherches à prouver ?

Karim – Fais le test !

Diane – C'est interdit en France ! Sauf sur ordre d'un juge. Je suis bien placée pour le savoir, je suis avocate.

Karim – Mais c'est autorisé partout ailleurs dans le monde. Rien ne t'empêche de faire le test en envoyant une mèche de cheveux par la poste, et de te faire livrer les résultats à l'étranger. Si tu veux, je m'en occupe, j'ai une copine en Belgique. Et tu sais quoi ?

Diane – Quoi ? Avec ce test miraculeux, elle a découvert qu'elle était noire ?

Karim – Non. Elle a découvert qu'elle avait un frère qu'elle ne connaissait pas...

Diane – Un frère ? Comment ça ?

Karim – Les analyses ADN sont couplées avec des arbres généalogiques que les gens chargent volontairement sur le site. C'est comme ça qu'elle a appris qu'elle avait un frère. Enfin un demi-frère. Ils ont le même père... Va savoir, toi tu découvriras peut-être que tu as du sang russe, ou de la famille éloignée en Ouzbékistan

Diane – Je suis sûre de mes origines françaises.

Karim – Tu paries ?

Diane – Non !

Karim – Fais le test ! Si tu as des origines arabes, on fait le mariage à la mosquée de Paris, d'accord ?

Diane – Et si je gagne ?

Karim – Écoute... Si tu es originaire ne serait-ce qu'à 90% d'Europe, j'accepte qu'on se marie à l'église.

Diane – Tu es complètement fou.

Karim – Qu'est-ce que tu risques ? Puisque tu es sûre de tes origines...

Diane – Bon, puisque tu y tiens tellement... *(Elle ouvre un tiroir, sort une paire de ciseaux, se coupe une mèche de cheveux et la tend à Karim)* Tiens... Mais je n'aurais jamais pensé qu'un jour, si tu me demandais une mèche de cheveux, ce serait pour faire un test ADN.

Elle sort. Il la suit.

Karim – Attends ! On peut discuter, quand même...

Édouard et Thérèse arrivent.

Thérèse – J'ai l'impression qu'il y a de l'eau dans le gaz...

Édouard – Ne me dis pas que tu t'en réjouis. Ce ne serait pas très chrétien...

Un temps.

Thérèse – Je n'aurais pas dû lui parler comme ça, je sais.

Édouard – C'est une vraie tête de mule. Plus on lui dira que ce Karim n'est pas l'homme qu'il lui faut, plus vite elle voudra l'épouser.

Thérèse – Oui, tu as raison...

Un temps.

Édouard – Remarque, c'est un gentil garçon... et puis après tout, il a une bonne situation. La Comédie-Française, tout de même, ce n'est pas les Folies Bergère...

Thérèse – Bien sûr, je ne dis pas le contraire, mais...

Édouard – Mais ?

Thérèse – On ne connaît pas sa famille ! Ces gens-là n'ont pas la même culture que nous. Lui, apparemment, il est très bien intégré, mais ses parents, ses frères, ses sœurs...

Édouard – Il a des frères et sœurs ?

Thérèse – Je n'en sais rien. Je suppose...

Édouard – En tout cas, il ne faut pas la brusquer.

Thérèse – Peut-être lui suggérer de ne pas trop se presser. C'est vrai, ce mariage, c'est un peu précipité, non ?

Édouard – Ça fait combien de temps qu'ils se connaissent ?

Thérèse – Elle nous l'a présenté à Noël.

Édouard – Ils devaient déjà se connaître avant.

Thérèse – Oui, enfin, on ne se marie pas comme ça, sur un coup de tête.

Édouard – Quand on s'est mariés, on ne se connaissait que depuis trois mois...

Un temps.

Thérèse – C'était une autre époque.

Diane revient, pas dans son assiette.

Édouard – Tout va bien, ma chérie ?

Diane – Super... Et vous ? Qu'est-ce que c'est que ces têtes de conspirateurs ?

Thérèse – Qu'est-ce que tu vas chercher... Tu es sûre que tout va bien ?

Édouard – Vous vous êtes disputés, avec Karim ?

Diane – Disons que... On a eu un petit différend.

Thérèse – À quel propos ? Au sujet de ce mariage ?

Diane – Il soutient que d'être cent pour cent français depuis vingt ou trente générations, ce n'est pas possible.

Édouard – Et alors ?

Diane – Alors, je vais faire un test, pour lui prouver qu'il se trompe.

Stupeur de ses parents.

Thérèse – Pardon...?

Édouard – Un test ?

Diane – Un test ADN !

Thérèse – Mais enfin, c'est ridicule !

Édouard – Et puis c'est illégal...

Diane – Il suffit de se faire envoyer les résultats en Belgique, il paraît.

Thérèse – Mais qu'est-ce que tu t'attends à découvrir ?

Diane – Rien ! C'est seulement pour lui prouver que... Mais on dirait que ça vous fait flipper. Vous avez quelque chose à cacher ?

Thérèse – Mais pas du tout...

Diane – Tu as travaillé pendant trois ans sur un livre pour prouver qu'on était cent pour cent gaulois. Tu n'es pas sûr de toi ?

Édouard – Bien sûr que si, mais...

Diane – Mais ?

Thérèse – Les test ADN, c'est pour les criminels...

Édouard – Ou pour les recherches en paternité.

Thérèse – Toi tu sais qui sont tes parents, non ?

Diane – De toute façon c'est trop tard, je lui ai donné une mèche de cheveux et j'ai signé le formulaire.

Elle sort. Consternation de ses parents.

Noir

Diane arrive avec Karim.

Diane – Ça y est. Je crois que ma mère s'est faite à l'idée d'avoir un gendre issu de l'immigration. Elle m'a demandé si elle pouvait inviter tes parents à dîner.

Karim – Génial.

Diane – Et alors ?

Karim – Quoi ?

Diane – Tu leur demanderas ? Quand ils sont libres pour un dîner...

Karim – Ah oui...

Diane – Tu ne leur as pas encore dit qu'on se mariait...

Karim – J'attendais le bon moment...

Diane – Ah oui ? Et c'est quand le bon moment ?

Karim – Je vais le faire... ce soir, je t'assure.

Diane – Après tout, ils ne seront peut-être pas ravis non plus d'avoir une belle-fille gauloise et catholique.

Karim – Ça pourrait être pire.

Diane – Ah oui ?

Karim – Tu pourrais être juive.

Diane – Très drôle.

Karim – Je plaisante. Mes parents sont comme moi. Ils boivent du pastis. Ils ne font pas le ramadan. Ils vont à la mosquée seulement pour les mariages et les enterrements.

Diane – Du coup, je ne suis pas sûre de vouloir entrer dans cette famille de mécréants...

Karim – Ah, au fait, j'oubliais, j'ai les résultats de ton test.

Diane – Mon test ?

Karim – Ton test ADN !

Il lui tend une enveloppe qu'elle saisit avec une certaine appréhension.

Diane – Ah oui, c'est vrai, j'avais oublié ça.

Karim – Évidemment, je ne l'ai pas ouvert.

Diane – Merci...

Karim – Tu ne l'ouvres pas ?

Diane – Ce n'est pas comme si j'attendais de savoir si j'avais un cancer, non plus. Je l'ouvrirai tout à l'heure, quand tu seras parti. C'est personnel, non ? Et confidentiel...

Karim – Confidentiel... Je te rappelle qu'on a fait un pari...

Diane – Qu'est-ce que tu espères, au juste ?

Karim – Rien ! Rien du tout. Puisque tu es absolument sûre de la pureté de tes origines...

Diane – Je croyais que tu avais un rendez-vous.

Karim – J'y vais... Alors à ce soir...

Ils s'embrassent. Il sort. Une fois qu'il est parti, elle ouvre l'enveloppe avec une certaine fébrilité. Elle lit les résultats, et son visage se décompose. Elle sort son portable, regarde à nouveau la feuille, et compose un numéro. Elle attend que son correspondant décroche.

Diane – Oui, je suis Diane de Casteljarnac... Je viens de recevoir les résultats de mon test ADN et... Oui, c'est ça. Casteljarnac, Diane... Donc, je vois sur vos résultats que j'aurais 50% de gènes d'origine chinoise. C'est une blague...? Enfin, il doit y avoir une erreur. Non, absolument pas. Aucun de mes parents n'est chinois, et d'ailleurs, je n'ai pas du tout le type asiatique... Je sais, ça ne se voit pas toujours chez les métis, mais je ne suis pas métisse ! Oui, Diane de Casteljarnac... Aucune erreur possible ? Mais ce n'est pas vrai... *(Sa mère arrive)* D'accord, il faut que je vous laisse. C'est ça, merci...

Thérèse – Un problème ?

Diane – Non, non, c'est un client qui... Au sujet de ce test ADN... Bref, je ne peux pas t'en parler, c'est confidentiel...

Elle sort précipitamment. Sa mère la regarde partir, un peu inquiète. Édouard arrive, un dossier à la main.

Thérèse – Tu travailles encore sur ton manuscrit ? Je croyais que tu l'avais envoyé à ton éditeur...

Avec un air de conspirateur.

Édouard – Ce n'est pas mon manuscrit, c'est... un rapport d'enquête.

Thérèse – Un rapport d'enquête ? Tu es à la retraite depuis plus d'un an...

Édouard – Mais j'ai gardé quelques contacts dans la police, heureusement.

Thérèse – Heureusement ? Heureusement pour qui ?

Édouard – Pour nous ! Ça m'a permis d'en savoir un peu plus sur ce Karim... et sur sa famille.

Thérèse – Tu n'as pas fait ça ?

Édouard – Pourquoi pas ? Je suis sûr que toi aussi, tu préférerais en savoir un peu plus sur ces gens-là avant de leur confier ta fille.

Thérèse – Ma fille ? Je te signale que c'est aussi la tienne. Et tu te rends compte que si elle apprend ce que tu as fait, c'est sur un parricide que la police va devoir enquêter...

Édouard – C'est bien pour ça qu'on fera en sorte qu'elle n'en sache rien...

Thérèse – Mais enfin, Édouard, c'est monstrueux ! Qu'est-ce qui t'as pris de faire ça ?

Il s'assied et ouvre son dossier.

Édouard – Donc tu ne veux pas savoir ? Tant pis, je ne te dirai rien...

Après une légère hésitation, elle s'assied à côté de lui et jette un regard sur le dossier.

Thérèse – Évidemment que je veux savoir ! Qu'est-ce que tu as trouvé ?

Il feuillette le dossier.

Édouard – Rien.

Thérèse – Comment ça, rien ?

Édouard – Le dossier est complètement vide. Ni les parents ni le fils n'ont de casier judiciaire. Aucun signalement non plus pour radicalisation...

Thérèse – Tu as l'air presque déçu...

Édouard – Un peu jaloux, plutôt... Le père est titulaire de la Légion d'Honneur, en tant que président d'une association culturelle franco-marocaine. La mère est Chevalière des arts et des lettres, pour avoir publié plusieurs romans en français.

Thérèse – Et il fallait une enquête de police pour savoir ça ?

Édouard – Non, ça je l'ai trouvé sur Wikipedia...

Thérèse – Et lui ? Karim ?

Édouard jette un regard au dossier.

Édouard – J'ai trouvé plusieurs infractions au code de la route, notamment un excès de vitesse qui lui a valu une suspension de permis quand il avait dix-neuf ans.

Thérèse – C'est tout ?

Il regarde à nouveau le dossier.

Édouard – Actuellement, il ne lui reste plus que six points... Il faudra quand même lui demander de rouler un peu moins vite...

Thérèse – Rien d'autre, tu es vraiment sûr...?

Édouard – Diane a raison... C'est une vieille famille marocaine appartenant à la grande bourgeoisie de Casablanca.

Thérèse – Ne me dis pas qu'en plus de leur casier judiciaire, tu as fait aussi leur arbre généalogique...

Édouard – Les parents sont restés en France après leurs études à Paris. C'est là qu'ils se sont connus...

Thérèse – Bref, une famille exemplaire en termes d'intégration.

Édouard – Si seulement Karim était catholique, ce serait le gendre idéal...

Un temps.

Thérèse – Tu prends ce dossier tout de suite, et tu vas le mettre dans la poubelle jaune au coin de la rue, d'accord ?

Édouard – Je vais le brûler dans la cheminée de la salle à manger. *(Il se lève pour sortir, et elle se lève aussi)* Où vas-tu ?

Thérèse – Je vais me confesser... On est vraiment des monstres, non ?

Édouard – Mmm...

Ils sortent.

Noir.

Diane arrive avec Karim.

Karim – C'est la première du Bourgeois Gentilhomme demain, tu viendras ?

Diane – Bien sûr.

Karim – Si tu veux inviter tes parents, je vous mettrai trois places à l'accueil. C'est une pièce toujours d'actualité, tu sais...

Diane – Il y a un message subliminal...?

Karim – Mais pas du tout ! Qu'est-ce que tu vas chercher ?

Diane – Excuse-moi...

Karim – Tu as l'air un peu sur les nerfs, en ce moment. Un problème...

Diane – Non, non, tout va bien... Je... Je suis un peu débordée, c'est tout... C'est la folie, au cabinet.

Karim – Lève un peu le pied.

Diane – Je viens d'être embauchée. Je dois encore faire mes preuves. Si je veux un jour devenir associée... Et toi ?

Karim – Oh, tu sais, nous les intermittents... On ne bosse que quand on en a envie... Je me demande même pourquoi on nous paie, puisqu'on fait ça pour le plaisir...

Diane – N'importe quoi... Tu es sociétaire de la Comédie-Française, tu n'es pas intermittent, tu es salarié.

Karim – Tu as raison, c'est encore pire... Comment peut-on être à la fois comédien et salarié ? Presque fonctionnaire...

Diane – Oui, on devrait abolir ce genre de privilèges. Comme les régimes spéciaux pour les cheminots.

Karim – Et tes parents qui pensent que tu vas te marier avec un artiste maudit...

Diane – Ah, mes parents, il y avait longtemps...

Un temps.

Karim – Et les résultats de ton test, au fait ? Tu ne m'as pas raconté...

Diane – Ah oui, le test, c'est vrai... Je ne sais pas du tout ce que j'en ai fait...

Karim – Tu ne veux pas me le montrer, c'est ça ?

Diane – Pas du tout...

Karim – Qu'est-ce qu'il y a ? Ce n'est pas exactement ce à quoi tu t'attendais ? Tu as cinq pour cent de gènes espagnols ou italiens ?

Un temps. Diane sort une feuille de sa poche et lui tend.

Diane – Tiens, voilà.

Karim examine les résultats.

Karim – Non ? Ce n'est pas vrai...

Diane – Oui, c'est ce que je me suis dit aussi.

Karim – Origine asiatique à 50% ?

Diane – C'est n'importe quoi...

Karim – Les analyses ADN, c'est absolument scientifique. Sinon, ça ne servirait pas de preuve devant les tribunaux pour faire condamner quelqu'un.

Diane – Parce que maintenant, il s'agit de faire mon procès ?

Karim – Pas du tout ! Ce n'est pas un crime d'être d'origine étrangère, non ? Ce n'est pas une honte non plus...

Diane – Asiatique, franchement... Moi ? Et puis asiatique... c'est un peu vague, non ?

Karim *(lisant)* – Chine du Nord, région de Canton. C'est quand même assez précis.

Diane – Ces tests, ce sont des labos privés qui les font, pas des experts mandatés par la justice. Et c'est dans un but récréatif. Tu es sûr que c'est vraiment fiable ?

Karim – Ça ne va pas te donner le nom et l'adresse de ton géniteur, c'est sûr. Mais quand on a 50% d'origine chinoise, c'est que ça remonte aux ascendants directs... Et c'est sûr qu'au moins l'un d'entre n'était pas normand ou ardéchois depuis plusieurs générations, comme ton père et ta mère.

Diane – Tu trouves que j'ai quelque chose d'asiatique ?

Karim – Je n'avais jamais remarqué, mais... maintenant que je le sais, c'est vrai qu'il y a quelque chose dans les yeux...

Elle sort un miroir de poche, et se regarde furtivement.

Diane – N'importe quoi ?

Karim – Tu savais que tu avais des ascendants en Asie ?

Diane – Non.

Karim – Pourtant, il doit bien y avoir une explication... Tes parents ont déjà séjourné en Chine ?

Diane – Je ne sais pas... Non.

Karim – Dans le treizième arrondissement ?

Diane – Non.

Karim – Ta mère a des amis asiatiques ? Je ne sais pas, moi. Un épicier ? Un acuponcteur ?

Diane – C'est ça, fous-toi de moi...

Karim – Ça pose quand même des questions, non ?

Diane – Quelles questions ?

Karim – Pour commencer... Est-ce que tu es bien la fille de ton père ?

Diane – Ah oui ?

Karim – Et sinon, de qui es-tu vraiment la fille ?

Diane – Et alors ?

Karim – Là... Il n'y a que ta mère qui pourrait répondre à ça. Mais évidemment, ce n'est pas une question facile à poser à sa mère...

Thérèse arrive.

Thérèse – Ah bonjour Karim... Comment allez-vous ?

Karim – Très bien, merci.

Thérèse – Je peux vous offrir un café... ou un thé ?

Karim – C'est gentil, mais je m'apprêtais à partir.

Thérèse – Ce n'est pas moi qui vous chasse, au moins.

Karim – Pas du tout... C'est la première du Bourgeois Gentilhomme, demain. Et ce soir, c'est la générale... D'ailleurs, si vous voulez, vous êtes mes invités, bien sûr.

Thérèse – C'est très aimable à vous, j'en parlerai à mon mari.

Le portable de Karim sonne.

Karim *(à Diane)* – Excusez-moi un instant...

Il sort pour répondre.

Thérèse – C'est vraiment un gentil garçon...

Diane – Vous pouvez arrêter de répéter ça, tous les deux ?

Thérèse – Quoi ?

Diane – Que c'est un gentil garçon !

Thérèse – Pourquoi, il n'est pas gentil ?

Diane – Si, mais... Je ne sais moi... Un gentil garçon, qu'est-ce que ça veut dire ? Qu'il est un peu con, c'est ça ? Je n'ai pas envie de marier avec un gentil garçon, moi !

Thérèse – Ah bon ?

Diane – Ben non ! Papa, lui il est gentil... Mais je n'aurais pas envie de me marier avec papa.

Thérèse – Tu me rassures...

Diane – Ce n'est pas ce que voulais dire non plus...

Thérèse – Bon, je comprends que tu sois un peu énervée contre nous... C'est vrai, on n'a pas été très chaleureux avec lui, mais qu'est-ce que tu veux ? C'est normal, pour des parents, de s'inquiéter un peu pour leur fille. Surtout quand c'est leur fille unique. Mais je te répète que nous ne sommes pas opposés à ce mariage.

Diane – Merci...

Thérèse – Il faudra quand même qu'on fasse la connaissance de ses parents. Ils t'ont donné une réponse pour dimanche ?

Diane – Pas encore...

Thérèse – Je ne sais pas ce que je vais leur faire à manger... Ils mangent quoi, ses parents ?

Diane – Pardon ?

Thérèse – Non, je veux dire... Est-ce qu'il y a des choses qu'ils ne mangent pas.

Diane – Je crois qu'ils n'aiment pas trop les escargots et les cuisses de grenouille.

Thérèse – Tu sais bien ce que je veux dire... Je ne veux pas les mettre mal à l'aise, c'est tout.

Diane – Ils mangent de tout, ne t'inquiète pas. Mais tu n'es pas non plus obligée de leur servir un rôti de porc pour une première rencontre avec eux... Tiens, tu n'as qu'à leur faire chinois...

Sa mère semble un peu désarçonnée.

Thérèse – Pourquoi tu veux que je leur fasse un repas chinois ?

Diane – Je ne sais pas... Parce que... pour le voyage de noces, on pensait aller en Asie, avec Karim. Qu'est ce que tu en penses ?

Thérèse – L'Asie ? C'est grand, non ? Où en Asie ?

Diane – On n'a pas encore décidé. Vous connaissez l'Asie ?

Thérèse – Non.

Diane – La Chine, peut-être ?

Thérèse – La Chine, c'est en Asie, non ?

Diane – Oui...

Thérèse – Ah, si, je suis allée à Hong-Kong, une fois.

Diane – À Hong-Kong ? Tu ne me l'avais jamais dit.

Thérèse – Avec le métier de ton grand-père, on a quand même pas mal voyagé. Je ne pensais pas que c'était important pour toi de le savoir...

Diane – Vous êtes restés longtemps ?

Thérèse – Non... Une semaine, peut-être. À l'époque, Hong-Kong, ce n'était pas vraiment la Chine.

Diane – Et c'était quand ?

Thérèse – Je ne sais plus... Tu n'étais pas encore née. J'y suis allée avec mes parents, je te dis... Oui, je crois que c'était juste avant mon mariage...

Édouard arrive.

Édouard – J'ai croisé Karim. Il est vraiment très gentil, ce garçon... Et très poli...

Diane – Pour un Arabe, tu veux dire ?

Thérèse – Ils pensaient aller en voyage de noces à Hong-Kong.

Édouard – Ah, oui ? Quelle drôle d'idée...

Diane – Je n'ai pas dit à Hong-Kong, j'ai dit en Asie.

Édouard – L'Asie, c'est grand.

Diane – C'est loin de Canton, Hong-Kong ?

Édouard – Une centaine de kilomètres, je crois. À l'échelle de la Chine, Canton, c'est la banlieue de Hong-Kong.

Thérèse – Ne me dis pas que vous voulez aller en voyages de noces à Canton ?

Édouard – Qu'est-ce que tu connais de Canton ?

Diane – Rien... À part le riz cantonnais...

Thérèse – Alors pourquoi tu veux aller en voyage là-bas ?

Diane – C'est juste une idée... Ce n'est pas encore décidé.

Édouard – Je pensais que vous iriez plutôt à Marrakech, ou quelque chose comme ça. Pour faire la connaissance de ta belle-famille.

Diane – La famille de Karim est originaire de Casablanca.

Édouard – Marrakech, ce n'est pas très loin de Casablanca, non ?

Diane – Non... La même distance qu'entre Hong-Kong et Canton, à peu près...

Édouard – Bon, je vous laisse avec ces problèmes de géographie. Moi, mon rayon, c'est plutôt l'histoire...

Édouard sort. Thérèse semble un peu embarrassée.

Thérèse – Et cette histoire de test ADN ? Tu as eu les résultats ?

Diane – Pas encore. Ça prend un peu de temps, tu sais...

Thérèse – Tant mieux, tant mieux...

Diane – Comment ça tant mieux ?

Thérèse – Non, je veux dire...

Karim revient.

Thérèse – Je vous laisse...

Thérèse sort.

Karim – C'était mes parents... Ils sont d'accord pour venir dîner dimanche prochain.

Diane – Donc, tu leur as parlé.

Karim – Bien sûr...

Diane – Et alors ?

Karim – Je leur ai dit que j'épousais une Gauloise, ils étaient d'accord... Mais si maintenant je leur dis que je me marie avec une Chinoise...

Diane – Justement... Je viens d'en parler à ma mère.

Karim – De quoi ?

Diane – Des résultats de mon test ADN !

Karim se décompose.

Karim – Non, tu n'as pas fait ça ?

Diane – Pour l'instant, je lui ai seulement demandé si elle avait déjà séjourné en Asie.

Karim – Tu me rassures... Et alors ?

Diane – Elle est allée à Hong-Kong juste avant son mariage...

Karim semble plus embarrassé que satisfait.

Karim – Non...?

Diane – C'était pas très longtemps avant ma naissance. Tout ça a l'air de concorder, malheureusement...

Karim – Écoute, Diane, il faut que je te dise un truc...

Diane – Quoi ?

Karim – Ce test...

Diane – Oui ?

Karim – C'était une blague...

Diane – Une blague ?

Karim – Je ne pensais pas que tu avalerais un truc aussi gros. Franchement. Chinoise, toi...?

Diane – Mais comment c'est possible ? Il y a mon nom sur les résultats. Tu dis ça pour me rassurer, c'est ça ?

Karim – J'ai envoyé une demande à ton nom, mais au lieu de ta mèche de cheveux, j'ai mis celle de ma copine chinoise qui vit à Bruxelles. Enfin, c'est son père qui est chinois...

Diane – Quoi ? C'est complètement irresponsable... J'allais demander à ma mère si mon père était vraiment mon père...

Karim – J'allais te le dire, évidemment, mais mon téléphone a sonné juste à ce moment-là. Je ne pensais pas que tu allais en parler à ta mère à la seconde...

Diane – Je n'y crois pas... Mais tu es complètement dingue !

Karim – Je suis désolé, c'était juste une blague. Une blague de mauvais goût, d'accord. Mais tu m'as tellement saoulé avec tes origines françaises...

Diane – Je crois que tu ferais mieux de t'en aller...

Karim – Diane...

Diane – Tout de suite.

Karim – Et mes parents, je leur dis quoi, pour dimanche ?

Diane – Tu leur diras ce que tu voudras, je m'en fous.

Karim – OK, je t'appellerai quand tu seras calmée...

Diane – C'est ça...

Karim – Je suis vraiment désolé...

Karim sort. Thérèse revient, mal à l'aise.

Thérèse – Karim n'est pas là ?

Diane – Il vient de partir...

Thérèse – Je ne te dérange pas ?

Diane – Non. Pourquoi ?

Thérèse – Il faut que je te parle... Seule à seule...

Diane – Tu en fais une tête ? C'est si grave que ça ?

Thérèse – Un peu, oui.

Diane – Tu me fais peur... Tu n'es pas malade au moins ? Tu ne vas pas m'annoncer que tu as un cancer ?

Thérèse – Non, rassure-toi. Je ne suis pas malade. Et ton père non plus. Mais ce n'est pas facile à dire quand même...

Diane – Je t'écoute...

Thérèse – Il vaudrait mieux que tu t'asseyes.

Diane – Je suis très bien debout.

Thérèse – C'est à propos de cette histoire de test ADN.

Diane – Oui...? Et alors ?

Thérèse – Comme de toute façon, tu vas l'apprendre, je préfère que ce soit par moi.

Diane – Apprendre quoi ?

Thérèse – Eh bien...

Diane – Quoi ?

Thérèse – Ton père... n'est pas vraiment ton père.

Un temps.

Diane – Je crois que je vais m'asseoir, finalement...

Elle s'assied.

Thérèse – Je comprends que ce soit difficile à entendre.

Diane – Comment ça, mon père n'est pas mon père ?

Thérèse – Ce n'est pas ton père biologique, si tu préfères.

Diane – Ah oui...?

Thérèse – Non.

Diane – Tu veux dire que... tu aurais eu recours à une insémination artificielle ? Toi ?

Thérèse – Non... artificielle, on ne peut pas vraiment dire ça ?

Diane – D'accord... Et mon père, ce serait qui, alors ?

Thérèse – Un autre homme...

Diane – Oui, ça... je l'aurais deviné toute seule.

Thérèse – Un homme que j'ai connu juste avant d'épouser ton père.

Diane – Un Chinois de Hong-Kong ?

Thérèse – Un Chinois ? Mais pas du tout... Pourquoi un Chinois ?

Diane – Karim m'a dit qu'il avait reçu les résultats de mon test, et que j'avais des origines chinoises.

Thérèse – Il t'a dit ça ?

Diane – Après il m'a dit que c'était une blague, mais c'était peut-être pour m'épargner...

Thérèse – Non, ton vrai père n'est pas chinois, je te le garantis.

Diane – D'accord.

Thérèse – Écoute, je suis vraiment désolée, mais je suis soulagée de te l'avoir dit.

Diane – Tant mieux, je suis contente pour toi... Si tu es soulagée...

Thérèse – Quand tu as parlé de ce mariage, et surtout de cette histoire de test, évidemment... Tout ça m'est remonté...

Diane – Oui... les cadavres finissent toujours par remonter à la surface. Et les enfants illégitimes aussi...

Thérèse – On ne peut pas cacher la vérité éternellement... Un jour, il faut bien payer l'addition...

Diane est sous le choc.

Diane – Ce n'est pas possible... Alors... tu as trompé papa ? Toi ?

Thérèse – Je ne l'ai jamais trompé... C'était avant que je connaisse ton père. Enfin, Édouard. En tout cas avant que je l'épouse.

Diane – Et donc, ce n'était pas à Hong-Kong.

Thérèse – C'était à Casablanca.

Diane – À Casablanca ?

Thérèse – J'y ai passé six mois avec mes parents, juste avant de me marier. À l'époque, ton grand-père était en poste là-bas, comme secrétaire d'ambassade.

Diane – Tu ne m'avais jamais dit que tu avais vécu au Maroc !

Thérèse – J'ai préféré oublier cette période de ma vie.

Diane – Et alors ? Mon vrai père, c'est qui ?

Thérèse – Lorsque nous étions là-bas, nous avions un chauffeur. J'étais très jeune, et un peu naïve. Il était un peu plus âgé que moi. Il était beau...

Diane – Un chauffeur ? Arabe, j'imagine...

Thérèse – Il s'appelait Salim... Peu de temps après, je suis tombée enceinte.

Diane – Et alors ?

Thérèse – Je n'ai rien dit à personne, pas même à Salim. Un mariage avec lui était totalement impensable. Mes parents m'auraient déshéritée... Un domestique. Arabe...

Diane – Et après ?

Thérèse – Je suis rentrée en France, avec mes parents. J'ai rencontré Édouard, et quelques semaines après, nous étions mariés.

Diane – Et il pense que je suis sa fille...

Thérèse – Mais tu es sa fille ! C'est lui qui t'a élevée, avec moi.

Diane – Tu sais très bien ce que je veux dire. Est-ce qu'il est au courant que je ne suis pas sa fille biologique ?

Thérèse – Je ne sais pas... En tout cas, on n'en a jamais parlé...

Diane digère toutes ces informations.

Diane – Alors toute ma vie est bâtie sur un mensonge... Et la vôtre aussi...

Thérèse – Je dirais plutôt... sur un non-dit.

Diane – Et toi qui prônes les valeurs chrétiennes...

Sa mère est anéantie.

Thérèse – Je t'en prie, ne me juge pas... C'était une autre époque...

Diane – On était déjà en l'an 2000, non ?

Thérèse – Je te demande de ne rien dire à ton père, évidemment. Pas encore...

Diane – Pour ne pas gâcher le mariage, c'est ça ? On n'aura qu'à lui dire juste après la cérémonie... Quelle hypocrisie !

Thérèse – Le fait que tu te maries avec un garçon de Casablanca, ça a réveillé en moi ces douloureux souvenirs. C'est pour ça que je n'étais pas très à l'aise avec cette histoire...

Diane – Et tu crois vraiment que je vais pouvoir garder ce secret de famille pour moi toute seule ?

Thérèse – Quoi qu'il en soit, il fallait bien que tu l'apprennes un jour... Je me sens libérée d'un grand poids...

Diane – Oui... Eh bien pas moi, figure-toi...

Thérèse est au bord des larmes.

Thérèse – J'espère que tu pourras me pardonner un jour...

Diane – Et mon père, il est toujours vivant ?

Thérèse – Je ne sais pas... Je n'en sais rien, je t'assure...

Édouard arrive, brandissant un livre.

Édouard – Ça y est, voilà le bébé !

Diane – Pardon...?

Édouard – Mon livre ! Je viens de recevoir le premier exemplaire !

Thérèse – Ah, oui... Le livre...

Noir.

Diane est avec Karim.

Karim – Non...? Tu me fais une blague toi aussi...

Diane – Malheureusement non...

Karim – Alors finalement, tu serais arabe à 50% ?

Diane – D'après les analyses ADN, je ne sais pas, mais d'après ma mère, oui...

Karim – Tu veux que je te refasse un test, pour être sûre ?

Diane – Ma mère est catho, je ne vois pas pourquoi elle se vanterait d'avoir eu un enfant hors mariage si ce n'était pas vrai.

Karim – Tu as raison... Les aveux d'une mère, c'est encore plus fiable qu'un test ADN.

Diane – Je n'arrive pas à y croire...

Karim – Remarque, quand on le sait... C'est vrai que tu as le type franchement méditerranéen. C'est sûrement ça qui m'a attiré chez toi, finalement. Même si je ne le savais pas...

Diane – Comment elle a pu me cacher ça pendant toutes ces années...

Karim – Comme tu dis, elle n'avait pas de raison de s'en vanter. Et puis il y a ton père...

Diane – Oui...

Karim – La bonne nouvelle, c'est que du coup, il n'y a plus aucune raison de ne pas vouloir accueillir un Arabe dans la famille...

Diane – Mmm...

Karim – Dans ce cas, ce serait peut-être mieux de faire le mariage à la mosquée, non ? Et pourquoi pas à Casablanca ? Puisque toi aussi, tu es originaire de là-bas !

Diane – C'est ça, fous-toi de moi...

Karim – Mais attends, j'y pense... On est peut-être même apparentés. Il ne s'agirait pas non plus qu'on soit cousins germains... Ton père, tu sais qui c'est ?

Diane – C'était le chauffeur de la famille...

Karim – Fille d'un domestique...? Au moins, on ne risque pas le mariage consanguin. Moi je suis issu d'une grande famille marocaine.

Diane – Je suis contente pour toi...

Karim – Ah oui, mais alors... avec tout ça, je ne sais pas si mes parents seront toujours d'accord pour ce mariage.

Diane – Parce que je suis une enfant illégitime ?

Karim – Parce tu es la fille d'un chauffeur arabe ! Je leur avais parlé d'une alliance avec une famille française depuis trente générations...

Diane – Je te remercie vraiment de ton soutien... J'apprends que mon père n'est pas mon père, et qu'il n'est pas au courant. Ce n'est pas facile à vivre, figure-toi !

Karim – Excuse-moi, tu as raison... Mais vous m'avez tellement bassiné avec votre arbre généalogique 100% gaulois...

Diane – D'ailleurs, tout ça c'est de ta faute !

Karim – Quoi ?

Diane – Si tu ne m'avais pas poussée à faire ce test ADN. Et si tu ne m'avais pas menti sur les résultats !

Karim – Si ce test avait vraiment été le tien, tu te serais aussi rendu compte que tu étais à moitié rebeu...

Diane – Peut-être... mais moi, je n'aurais jamais eu l'idée de faire une analyse ADN !

Karim – Et tu serais restée dans le mensonge pendant toute ta vie !

Diane – Je ne cherchais pas la vérité à tout prix, moi. Je m'en fous de la vérité !

Karim – Belle mentalité...

Diane – Très bien, alors puisque je ne suis pas assez bien pour toi, et pour ta famille de ministres, tu n'as qu'à t'en trouver une autre. Une princesse arabe, par exemple ! Maintenant, si tu permets, j'ai besoin d'être un peu seule...

Karim – Ne le prends pas comme ça. Je te prie de m'excuser, voilà.

Diane – Et puis est-ce que toi, tu es vraiment sûr de tes origines, d'abord ?

Karim – Pardon ?

Diane – Ta mère aussi, elle aurait pu tromper ton père.

Karim – Ma mère. Non, ce n'est vraiment pas son genre, je te jure.

Diane – Parce que c'est le genre de la mienne, peut-être...? Tu deviens vraiment insultant.

Karim – Ce n'est pas ce que j'ai voulu dire.

Diane – Fais le test ! Tu m'as obligée à en faire un. Ça n'est que justice, non ?

Karim – C'est ridicule...

Diane – Ah oui ? Eh bien ne te présente pas devant moi avant de m'avoir transmis les résultats de ton analyse ADN. Et en attendant, fiche le camp !

Karim – Bon, bon, d'accord... Si tu y tiens... Je vais le faire...

Il s'approche d'elle dans un geste de réconciliation, mais elle le repousse.

Diane – Je crois t'avoir dit que tu pouvais disposer...

Karim – OK, je m'en occupe tout de suite... En formule accélérée, c'est trois jours. C'est un peu plus cher, mais bon...

Diane – Très bien, alors à bientôt.

Karim sort. Édouard arrive.

Édouard – Je viens de croiser Karim, il avait l'air soucieux, tout va bien ?

Diane – Tout va bien, rassure-toi.

Édouard – J'ai hâte de faire la connaissance de ses parents dimanche. Il faudra qu'on parle aussi des modalités du mariage...

Diane – Les modalités...? On a l'impression que tu parles d'une transaction immobilière...

Édouard – Il faudra bien gérer le côté multi-confessionnel, non ? J'imagine que tu souhaites te marier à l'église, mais il faudra aussi prévoir quelque chose pour... Nous n'avons rien contre un mariage mixte, mais c'est quand même un peu plus compliqué, n'est-ce pas...?

Diane – Eh bien tu vas être content, ça risque d'être beaucoup plus simple.

Édouard – Ah oui ? Et pourquoi cela ?

Diane – Parce qu'on ne se marie plus... C'est ce que vous vouliez, non ?

Elle sort. Édouard semble sidéré. Thérèse arrive.

Thérèse – Qu'est-ce qui se passe ?

Édouard – C'est Diane... Elle ne veut plus se marier... Tu crois que c'est à cause de nous ?

Thérèse paraît sous le choc.

Thérèse – J'espère que non... Je ne me le pardonnerais jamais... Tu as bien brûlé ton rapport de police ?

Noir.

Diane est là. Karim arrive. Elle semble surprise.

Karim – Je te dérange ?

Diane – Qui t'a ouvert ?

Karim – Ta mère... Elle m'a prise dans ses bras, et elle s'est mise à pleurer...

Diane – Non...?

Karim – Ensuite, elle m'a répété trois fois que j'étais ici chez moi... et elle m'a proposé une limonade.

Diane – Eh bien tu vois, on progresse...

Karim – Tu as raison. La dernière fois, c'était du thé à la menthe.

Diane – La prochaine fois ce sera peut-être un apéro avec une planche de charcuterie.

Un temps.

Karim – Comme tu ne réponds pas au téléphone, je me suis dis que j'allais passer... Ça va ?

Diane – Je t'avais dit que je ne voulais pas te voir avant que tu aies les résultats de ton test...

Un temps.

Karim – Eh bien justement, je viens de les recevoir.

Diane – Et alors ?

Karim semble embarrassé.

Karim – Alors... Voilà.

Il lui tend une feuille, qu'elle regarde attentivement... avant d'écarquiller les yeux.

Diane – Ce n'est pas vrai... C'est encore une de tes blagues de mauvais goût ?

Karim – Non, malheureusement.

Diane – Et tu es sûr que c'était bien tes cheveux ?

Karim – Certain.

Diane – Origine juive à 50% ! Et il n'y a pas d'erreur ?

Karim – J'ai téléphoné au labo. Il n'y a aucune erreur.

Diane – Toi, juif ?

Karim – En même temps, juifs, arabes... on est tous cousins, non ? Ce n'est pas très étonnant qu'on ait des gènes en commun.

Diane regarde à nouveau la feuille.

Diane – Origine juive ashkénaze... Tu te fous de moi ? C'est les Juifs d'Europe de l'Est ! On est loin du Maroc...

Karim – Oui, c'est ce que je me suis dis aussi...

Diane – Alors ta mère aussi aurait couché avec quelqu'un d'autre que son mari ?

Karim – Avec un Juif ? Même si ma mère n'est pas pratiquante, elle reste solidaire du peuple palestinien...

Diane – La mienne est catho, mes ancêtres ont fait les croisades, et elle a couché avec un Arabe.

Karim – Quoi qu'il en soit... je ne me vois pas trop lui demander.

Diane – Ah oui mais là, tu comprends, je ne sais pas si ça va être possible...

Karim – Quoi ?

Diane – Nous deux ! Si je suis à moitié arabe, je ne sais pas si je vais épouser un type qui est à moitié juif...

Karim – Je me demande si ce n'est pas toi qui avais raison... Ces tests, ça devrait être interdit aux communs des mortels..

Diane – Oui...

Un temps.

Karim – Et avec tes parents, comment ça se passe ? Tu en as parlé à ton père ?

Diane – Comment veux-tu que je lui en parle ?

Karim – Apprendre que sa fille unique n'est pas de lui... Ça ne va pas être facile à digérer, c'est sûr.

Diane – Imagine que mes parents divorcent juste avant qu'on se marie... Ça la foutrait mal, non ?

Karim – D'un autre côté, tu ne peux pas lui cacher éternellement la vérité ?

Diane – Pourquoi pas ? Tu sais, les cathos, c'est comme la mafia. On a toujours pratiqué l'omerta... Que ça s'appelle mensonge par omission ou secret de la confession... Du moment que ça n'arrive pas sur la place publique, c'est comme si ça n'avait jamais existé. Sinon la moitié des bons catholiques seraient en prison. Sans parler des curés...

Karim – Je pense que tu devrais lui dire...

Diane – Ah oui ? Et toi, tu comptes parler à ta mère de tes origines juives ?

Karim- Pour importer le conflit israélo-palestinien à la maison...? Je ne sais pas trop...

Diane – Alors ? Qu'est-ce que ça te fait de savoir que tu es à moitié musulman et à moitié juif ?

Karim – Je suis athée, de toute façon, alors... Et puis il paraît que la judéité se transmet par la mère... pas par le père.

Diane – Parce qu'il n'y a que de la mère dont on soit vraiment sûr... La preuve.

Karim – Dans ce cas-là, je ne serais pas vraiment juif...

Diane – Tu n'as qu'à dire ça à ton père... Ça devrait suffire à le rassurer...

Karim – On se demandait s'il fallait qu'on se marie à l'église ou à la mosquée... Finalement, on pourrait faire ça à la synagogue.

Diane – Oui...

Karim – Et pourquoi pas les trois ?

Diane – Au moins on serait sûrs d'être vraiment mariés..

Édouard arrive.

Karim – Je vais vous laisser... Je crois que vous avez des choses à vous dire...

Édouard – Non mais vous pouvez rester ! D'ailleurs, je ne fais que passer...

Karim – Je partais de toute façon...

Karim sort.

Édouard – Je cherche ta mère. Tu ne l'as pas vue ?

Diane – Non...

Édouard – Ne me dis pas que tu t'es encore disputée avec Karim...?

Diane – Non, non, tout va bien. Mais tu vas rire, il a fait un test ADN, lui aussi, et il vient d'apprendre qu'il a des origines juives...

Édouard – Ah oui...?

Diane – Ça ne t'étonne pas plus que ça ?

Édouard – Puisque de toute façon il n'est pas catholique comme nous, juif ou arabe, qu'est-ce que ça change...

Diane – Rien, tu as raison...

Un temps.

Édouard – Et toi, tu as reçu les résultats du tien ?

Diane – Oui...

Édouard – Et alors ?

Diane – Rien de surprenant de ce côté-là...

Édouard – Vraiment ?

Diane – Vraiment.

Édouard – Tu peux tout me dire, tu sais. Je suis ton père, et tu seras toujours ma fille...

Un temps.

Diane – Alors tu es déjà au courant...

Édouard – Bien sûr.

Diane – C'est maman qui vient de te le dire ?

Édouard – Nous n'avons jamais parlé de ça, avec ta mère. Mais je l'ai toujours su...

Diane – Vous n'en avez jamais parlé ?

Édouard – Non...

Diane – Pourquoi ?

Édouard – Je ne voulais pas la mettre dans l'embarras... Et puis... ce n'est pas comme si elle m'avait trompé. C'était avant notre mariage... Et c'était... un accident de parcours.

Diane – Un accident de parcours ? C'est comme ça que tu vois ça... Je te rappelle qu'on parle de moi, là...

Édouard – Tu as été conçue avant même que je connaisse ta mère. Enfin, nous nous connaissions déjà mais... Quand elle est revenue du Maroc, nous sommes sortis ensemble. Pour moi, c'était un rêve... C'était une très belle femme, tu sais. Je n'aurais jamais espéré qu'elle s'intéresse à moi.

Diane – Et elle t'a caché sa situation...

Édouard – Elle n'a rien eu besoin de me dire. J'ai très vite compris. Et moi... je savais déjà que je ne pourrais pas avoir d'enfants. Je l'aimais, je l'ai épousée comme elle était. Je ne lui ai pas posé de questions...

Diane – Avoue que c'est difficile à comprendre.

Édouard – Je l'aimais. Je pensais agir en gentleman. Pour sauver son honneur. Elle m'en a été très reconnaissante. Et je crois même qu'avec le temps, elle a fini par m'aimer, elle aussi...

Diane – Et moi, dans tout ça ?

Édouard – Pour moi, tu étais ma fille. J'ai pensé que c'était à ta mère de t'en parler, si elle le souhaitait. Tu sais, il y a aussi des parents qui cachent à leur enfant qu'il a été adopté...

Diane – Oui, mais moi, je n'ai pas été abandonnée par mon père, si ? Maman m'a dit qu'il n'était même pas au courant qu'il avait un enfant...

Édouard – Je suis vraiment désolé que tu l'apprennes comme ça.

Diane – Et mon père, donc ? Je veux dire, mon géniteur...

Édouard – Je ne sais pas... Ta mère n'est jamais retournée au Maroc. Moi je n'y suis jamais allé. C'est d'ailleurs pour ça que quand tu nous as dit que ton fiancé était marocain...

Diane – Tu crois qu'il est toujours vivant ?

Édouard – Il faudrait demander à ta mère...

Thérèse arrive.

Thérèse – Demander quoi ?

Édouard – Je vous laisse...

Il sort.

Diane – On parlait de mon père... Mon vrai père... Je voulais savoir s'il était encore vivant.

Thérèse – Alors tu lui as raconté...

Diane – Je n'ai pas eu besoin... Il m'a dit qu'il l'avait toujours su.

Thérèse – Ça ne m'étonne pas…

Diane – Et alors ?

Thérèse – Quoi ?

Diane – Mon père ! Il est encore vivant ?

Thérèse – Je ne sais pas… Je n'ai jamais cherché à avoir de ses nouvelles. Mais si tu veux le savoir, je pense qu'il y a toujours moyen…

Diane – Vous m'aiderez ?

Thérèse – Je crois qu'on te doit bien ça…

Elles s'embrassent, au bord des larmes.

Diane – Plus ça va, plus je me dis que ce mariage doit se faire à Casablanca. Si je retrouve mon père, ce serait l'occasion de réunir les trois religions monothéistes…

Thérèse – Les trois ?

Diane – Je t'expliquerai…

Noir.

Diane et Karim arrivent.

Karim – Désolé d'apprendre que ton père biologique n'est plus de ce monde.

Diane – Il est mort un an après ma naissance.

Karim – Maladie ?

Diane – Accident de voiture. Il était chauffeur. Une sortie de route sur la corniche de Casablanca. Avec sa nouvelle patronne. Ils sont morts tous les deux sur le coup….

Karim – La corniche de Casablanca ?

Diane – Oui... Moi aussi, ça me fait penser à cette scène mythique avec Cary Grant et Grace Kelly dans *La main au collet*... Cette voiture de sport lancée à pleine vitesse sur cette route en lacet de la corniche de Monaco...

Karim – Oui, enfin... la corniche de Casablanca.

Diane – Quoi ?

Karim – Ben... ça ressemble plus à la promenade des Anglais qu'à la corniche de Monaco, tu vois ? C'est tout plat...

Diane – Moi qui essayais de me faire une idée romantique de la mort de mon père... C'est encore raté...

Karim – Désolé... Une sortie de route sur la corniche de Casablanca... La route est toute droite.

Diane – Il était peut-être bourré.

Karim – Je n'aurais pas aimé l'avoir pour chauffeur, ton père...

Diane – En tout cas, merci pour ton soutien, ça me remonte le moral...

Karim – D'un autre côté, ces retrouvailles avec ton géniteur à l'occasion de notre mariage, ça n'aurait pas été très évident.

Diane – Non, et pour personne...

Karim – Quoi qu'il en soit, je suis content de voir que tout ça ne t'affecte pas trop. Tu es plus rayonnante que jamais.

Diane – C'est parce que j'ai fait un autre test. Et cette fois, il s'agissait bien de moi.

Karim – Tu as refait un test ADN ? Ne me dis pas que finalement, tu as appris que tu étais bien la fille de ton père ? En droite ligne...

Diane – J'ai dit un test, je n'ai pas dit un test ADN.

Karim – Un test de quoi, alors ?

Diane – Devine...

Karim – Je ne sais pas...

Diane – Mes parents ont raison. Tu es un gentil garçon mais tu n'es pas très vif... J'espère que cet enfant ne tiendra pas de toi.

Karim – Non... Un test de grossesse ?

Diane – Je suis enceinte, Karim.

Karim – Mais c'est génial !

Diane – Si tu veux on fera un test pour vérifier qui est le père.

Karim – Jamais ! Celui-là, on ne cherchera pas à savoir d'où il vient, c'est promis...

Diane – Mais alors cet enfant, il sera catholique, juif ou musulman...?

Karim – Disons un cocktail des trois...

Diane – Ou encore mieux, rien de tout ça.

Karim – Vraiment...?

Diane – Finalement, c'est toi qui as raison. On ne le fera ni baptiser, ni circoncire...

Karim – Tu sais déjà que c'est un garçon ?

Diane – Si c'est une fille, ce sera encore plus simple.

Karim – Va pour un baptême républicain. Et pour le mariage ?

Diane – On le fera à la mairie.

Karim – Tu as raison. La mariée déjà en cloque à l'église, ça ferait désordre, de toute façon.

Ils s'embrassent. Édouard et Thérèse arrivent et les surprennent. Ils sont tous un peu embarrassés.

Thérèse – Excusez-nous...

Édouard – On vous laisse tranquilles...

Diane – Non, non, on partait de toute façon... On passait juste vous dire au revoir...

Karim – Mes parents nous ont invités à passer le week-end dans leur maison de campagne au Cap d'Ail.

Diane – C'est près de Monaco.

Thérèse – Ah, d'accord... Très bien...

Édouard – C'est vous qui conduirez, Karim ?

Karim – Euh... Oui, on va prendre ma voiture...

Édouard – Alors promettez-moi une chose...

Karim – Oui...

Édouard – Vous n'irez pas trop vite sur les routes de montagne, n'est-ce pas ?

Diane – Pourquoi tu dis ça ? À cause du film ?

Thérèse – Quel film ?

Édouard – On veut seulement que vous soyez prudents sur la route, c'est normal.

Thérèse – Un excès de vitesse est si vite arrivé...

Édouard – Ce serait dommage qu'on vous retire encore votre permis...

Karim et Diane semblent un peu désarçonnés. Édouard et Thérèse ont l'air embarrassés.

Noir.

Fin.

Février 2023